KB264791

향기있는 추억보다는 나만의 사랑을 원해요

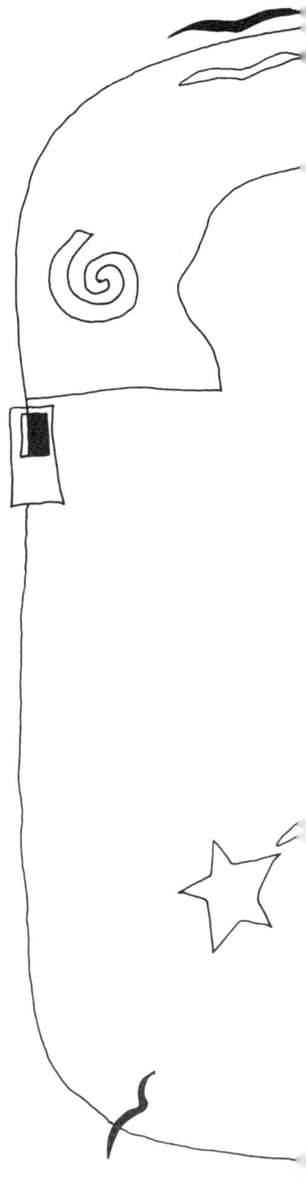

사랑그리기 8

향기있는 추억보다는 나만의 사랑을 원해요

임우현 시집

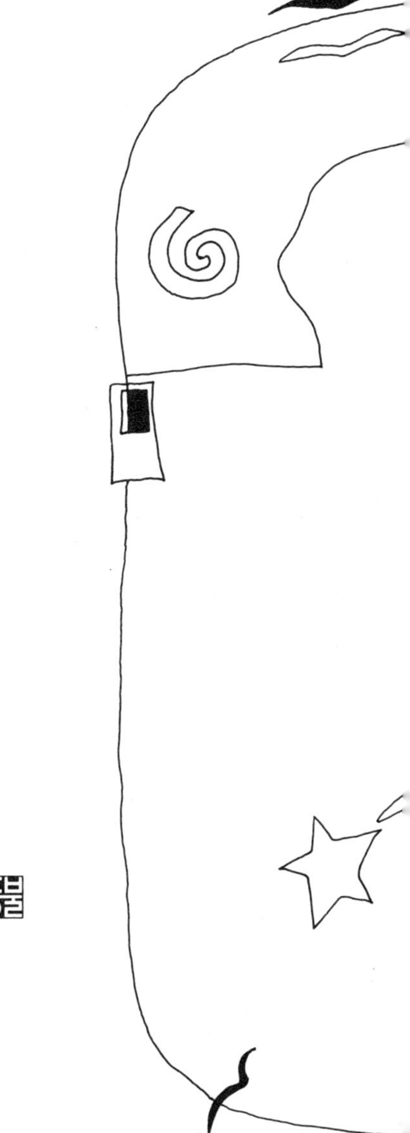

이런 것이 두려움인지 모르겠습니다. 세번째 시집을 내며
제가 쓰고 싶었던 나누고 싶었던 사연들이 무엇이기에 이런
부끄러움을 무릎 쓰고 써내려갈 수 있었는지.
≪어느날 문득 네가 그리워지면 그러면…어쩌지?≫란 제목
으로 세상에 얼굴을 내민 제 시집을 보고 참 많은 이들이
사랑해주고, 아껴주고, 격려를 해주셨습니다. 그러기에 더욱더
두려웠는지도 모릅니다. 어떤 한 여고생이 아저씨는 왜
시집을 내느냐고 물어보는 편지를 보내왔습니다.
몇날 며칠을 고민에 빠트렸던 이 질문은 절 무척이나
성숙하게 만들었답니다.
잘나지도, 매끄럽지도 아름답지도 못한 나의 詩,
아니 나만의 이야기들이지만 이내 마음을 알아주고,
공감해 줄 수 있는 비록 몇 안되지만 모난 시를 통해
위로함을 받을 수 있는 그런 이들을 만나기 위해
또다시 시집을 내게 되었습니다.
한권 한권 시집을 낼 때마다 무척이나 많은 이들이 함께

고생을 해주시고, 기도를 해주십니다. 언제나 걱정스레
지켜보시는 배정식 목사님, 사모님, 하나뿐인 누나와
희근이 누나, 영임이 누나, 특히나 서로 칭찬하느라 바쁜
이 시대 최고의 가수 헌영이 형과 우리 징검다리 아이들
<상현, 광호, 덕수, 길환> 이번엔 시집이 나오면 어김없이 한
권 공짜로 달라고 협박하는 친구들과 후배들 모두에게 다
고맙고 징검다리 가족 회원들과 징검다리 아그들 모두 고맙고,
오늘도 열심히 공부도 하고 춤추느라 고생하는 HOT 동생들,
편집하느라 고생한 등불 가족들에게도 고마움을 전하고
싶습니다. 그리고 우리 형아와 조카들, 요즘 자주 아프지만
언제나 사랑하는 부모님이 감사하고 나의 못남조차
이해하시고 사랑하시고 나를 이정도로 이끌어주신 나의
하나님이 얼마나 감사하고 감사한지, 비록 세 평밖에 되지
않는 작은 공간이지만 나만의 자리가 있고,
나만의 사람들이 있고 하나님이 있으니 행복하고 싶습니다.
이 글을 읽는 여러분도 언제나 행복하길 기도합니다.

인 우 현

이책의 차례

●

제1부

나의 사랑

난 천사가 되었으면 해 · 15
행복해요 · 16
1004 · 17
난 부럽다 · 18
난 없잖아 · 19
내 짝은 어디 있을까 · 20
지난 사랑이야 · 22
사랑할 수 없는가? · 23
그대 사랑할 수 없음에 · 24
사랑하고 싶은 날 · 25
작은 사랑의 시작 · 26
날 좀 데려가요 · 27
날 사랑하지마 · 28
우리 사이 · 29
울지마 · 30
뻔한 거짓말 · 31
첫눈에 · 32
왜 안 오지? · 33
그대 향한 그리움 · 34
다가가려 하지만 · 35
못다한 말 · 36
나만의 사랑을 원해요 · 37
그냥 보고 싶었어요 · 38
사랑하고 싶은 밤 · 39
잠 못 이루는 밤 · 40
꿈 · 41

이책의 차례

●

제2부
나의 고백

솔직하고 싶어요 · **45**
내가 나를 사랑한다는 것은 · **46**
복권에 들킨 내 마음 · **47**
싼 게 비지떡이라고? · **48**
컨닝의 추억 · **49**
나만의 그대는 · **50**
겉 따로 속 따로 · **51**
내 마음은 이래요 · **52**
행복은 성적순일까 · **53**
작은 용기 · **54**
마음뿐인 사랑 · **55**
일기장에 묻힌 마음 · **56**
이왕이면 내 사랑은 · **57**
우월감과 열등감 · **58**
난 아직 모르겠어요 · **59**
못생긴 발가락 · **60**
부러웠어요 · **62**
사랑은 표현하는 것 · **63**
우등상에 대한 기억 하나 · **64**
나의 취미는 독서랍니다 · **65**
손가락이 짧은 이유 · **66**
미스터 코리아를 꿈꾸며 · **67**
쌍꺼풀이 아름다운 이유 · **68**
진짜예요 · **70**
똥배와 인격의 상관관계 · **72**

이 책의 차례

제3부
나의 삶

내 마음은 전쟁 중 · **75**
시인같지 않은 시인 · **76**
외로움의 시 · **78**
내 몸은 덤인데요 · **79**
나도 시인이었으면 좋겠다 · **80**
아직도 할 일이 남았나? · **81**
포기할 수 없는 꿈 · **82**
오늘 난 · **83**
왜? · **84**
여행가고 싶은데 · **85**
난 힘들다 · **86**
쓸데없는 소리 · **87**
평화통일 합시다 · **88**
독도가 지네 땅인가 · **89**
이런 날은 슬프다 · **90**
공부를 해야 한다 · **92**
비오던 날 · **94**
안되면 말지 뭐 · **95**
욕심은 없다 · **96**
하나님 뜻대로 · **97**
우리네 아버지들 · **98**
다운이가 있다 · **99**
괴물아 · **100**
효자 · **101**
내 부모 · **102**
내 곁엔 · **103**
나의 가장 큰 기쁨 · **104**
감사합니다 하나님 · **106**

프롤로그

세번째 시집을 준비하며 난 무엇을 써내려 갈 것인가?
나의 시를 나의 글을 읽어 줄 분들에게
자신들의 소중한 돈을 투자하며 모난 시집을 사 줄
고마운 이들에게 무엇을 전해 줄 것인가?
무던히도 고민하였습니다.
언제나 써 모은 나만의 사랑과 이별, 외로움과 방황
써도 써도 멈추어지지 않는 나의 사랑의 이야기들을
좀더 멋진 언어로 좀더 낭만적인 단어로 이름답고
포근한 시어들로 이내 마음을 전해 주고 싶지만,
밤이면 밤마다 노트 한권을 놓고 펜을 들게 되면
떠오르는 나의 못남은
숨길 수 없는 나만의 진실이었습니다.
고민 고민하다 나의 못남에 대한 솔직한 이야기와
사연들을 알려 주고 말해 주고 그런 후에라도 날
이해하고 아니 나의 시를 나의 글을 믿어주고 이해해 줄
수 있다면 앞으로 내 삶이 멈출 그날이 언제인지는 모르지
만 하나님이 날 불러 이 땅에서의 나의
못난 삶을 용서하시고 날 받아 주실 그날까지
변함없는 마음으로 살아갔으면 하는 마음,
시를 쓸 수 있다면 글을 쓸 수 있다면 아니 사람들을 만날
수 있다면 하는 마음, 그것만이 오직 그것만이
내 생의 작은 행복이라 느낄 수 있을 것 같습니다.
이제 나는 고백합니다. 나의 못난 이야기들을
시작하고 싶습니다. 진실된 모습으로 여러분 앞에
서기 위해 나의 이야기를 시작하고 싶습니다.

제1부

나의 사랑

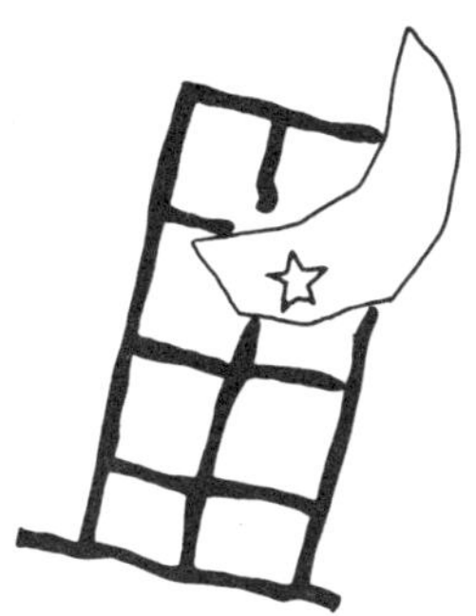

사랑은 느낌이라는데
그 사랑의 이름을 찾아보려
무던히도 애쓰지만 도무지 모르기에
지금도 언제나
내 마음속 가장 깊은 그 자리에서
솟아나려 하는 건
나만의 사랑이야기랍니다.

난 천사가 되었으면 해

난
천사가
되었으면 해

아무도 모르게
그대만의
꿈속에 나타나
우리만의
행복한 이야기를
들려줄 수 있는
천사가 되었으면 해

힘들어도 고달퍼도
희망을 줄 수 있는
그런 천사가 되었으면 해

P.S. 내가 그대와 함께 사랑을 하게 된다면
    난 이런 천사가 되고 싶어요.

행복해요

어느 누군가가 있어
잠시나마
웃어볼 수 있다면
우린 그걸
작은 행복이라고 이야기하지요

우리 삶에
작은 미소라도
생기는 일보다는
마음 아픈 사연들에
언제나
굳어지는 얼굴이나

그런데
저 요즘
행복해요
그냥 조금
아니 조금보다는
좀더 많이
행복한 거 같아요

P.S. 사랑은 많은 그리움과 아픔을 주기도 하지만 잠시 느끼는
　　 행복에 그 많은 아픔을 잊을 수 있지요.

1004

바쁜 일과 속에
정신없이 보내다보면
주위의 많은 이들을
잊고 지낼 때가 있습니다

그러다
가끔씩 삐삐에
1004라는
번호가 찍히곤 합니다

아!
누군가가 있구나
언제나 내 주위에
그래도 나를
기억해주고 격려해주는
천사 같은 이들이 있구나
무척이나
행복하답니다

P.S. 천사는 분명 있지요. 우리 옆에 천사가 있어요.
　　 지금 우리 곁에는……

난 부럽다

난 부럽다
성공한 사람들이
출세한 사람들이
잘사는 사람들이
똑똑한 사람들이
잘생긴 사람들이
튼튼한 사람들이
그리고
그리고 어쨌든
잘 나가는 사람들이

그런데 정말로
부러운 사람들이 있다면
남자, 여자
둘이 사랑해서
결혼까지 한 이들이
너무나도 부럽다
아니 그런
사람들이 서로
만날 수 있다는
그것만으로도
정말 정말 부럽다

P.S. 정말로 자기 짝이 있는 건가요? 그런데 마냥 기다려야
    하는 거예요, 아님 찾아야 하는 거예요?

난 없잖아

은행에
아무리 많은
돈이 있다 한들
난 통장이 없으니
아무 쓸모가 없잖아

옷가게에
아무리 좋은
옷이 있다 한들
난 옷 살 돈이 없는데
아무 쓸모가 없잖아

거리에
아무리 많은
여자가 다닌다 한들
내 여자가 없으니
아무 의미가 없잖아

슬프다
이 현실이!

P.S. 사랑이란 남들이 무슨 이야기를 하든 소용이 없지요.
　　내가 사랑해야지만 그게 사랑이지요.

내 짝은 어디 있을까

사랑이란 것을
깨닫기 전부터
언제나 내게는
이성에 대한
그리움이 있었답니다

좋아하고 싶고
함께 있고 싶고
커가면 커갈수록
사랑하고 싶고

무척이나 많은
여자를 만났지요
바람둥이 기질이 있었는지
참 많은
여자들을 만난 것 같습니다

물론
혼자만의 상상이?
더욱 큰 만남이었지만

숱한 만남을 하는 동안
저절로 내려지는 결론은
내가 마음에 들면
그녀가 날 멀리하고
내가 마음에 들지 않으면
그녀는 나를 따라다니고

내 짝을
만나기가 이렇게
어려운 줄이야
아직까지
내 짝은 없는 건지

아님 지금
내 곁에 있는 건지
아직도 모르겠습니다

P.S. 내가 사랑하면 그대는 떠나고 그대가 사랑하면
내 마음은 떠나고 이것이 사랑의 과정인가 봅니다.

지난 사랑이야

어느 누가 그러는데
어느날 문득에
대상이 된 사람이
누구냐고 묻더니
그 사람이
무척이나 부럽다고 말하곤
바보같이
왜 헤어졌냐고
나무라기도 하더군요

이거 참
내가 무슨 말을 해야 될지
어느날 문득의
그 사람은 지금
잘 살아가는 것 같고
그나 나나
서로가 지금이 중요하지
이미 지난 과거야
그 자체만으로
아름다운 추억이겠지요

P.S. 헤어지긴 왜 헤어졌냐고 하지마요.
　　누군 헤어지고 싶어서 헤어졌나요, 뭐!

사랑할 수 없는가?

나는 정말
사랑을 할 수 없는가?
그렇게도 소망하고
소망하는 꿈과 같은
사랑은 내게 있어
사치일 수밖에 없는지
믿고 싶지 않지만
자꾸만
자신이 없는 나는
나는 정말 사랑을 할 수 없는가!

P.S. 사랑은 용기가 필요하답니다. 사랑은 쟁취한다는 말
　　그거 거짓말 아닙니다.

그대 사랑할 수 없음에

그대 사랑할 수 없음에
이렇게 또 시를 씁니다
마음이 답답하고
세상이 어두워도
내 마음 모아
다시 살아나갈
터전을 찾기 위해
이 슬픈 맘 추스리고
시를 씁니다
그대 사랑할 수 없음에
슬프지만
슬픔 또한 이기렵니다

P.S. 사랑할 수 없다는 슬픔이 너무도 크지만 어찌합니까,
　　이겨내야지요.

사랑하고 싶은 날

내가
사랑을 하고픈 날에는
사랑할
그대가 없었습니다

내가
외로워 쓸쓸한 밤에는
사랑할
그대가 없었습니다

언제나 그대는
내 곁에 있는 것 같았는데
왜 항상
중요한 순간에
그대는 내 곁에 없는지
모를 일입니다

모를 의문입니다
나 그대를
사랑하기에

P.S 나만이 사랑하기 때문일까요? 함께 하는 사랑이 하고 싶은데,
그대가 있어야 하는데……

작은 사랑의 시작

사람이
살다보니
별의별 일이
다 생기는 것 같습니다

우연히
지나가다
몇 마디 나누었을 뿐인데
그게 또
사랑의 씨앗이 될 줄이야

아직 시작은 못하고 있습니다
다만
자꾸만 떠오르는 생각에
가끔씩
엉뚱한 상상을 하며
미소를 지어봅니다

P.S. 뭐, 만남이 어렵기만 하겠습니까? 눈물이 이별의 씨앗이라면
     만남은 사랑의 씨앗이 아닌가 합니다.

날 좀 데려가요

누가 날 좀 데려가요
내가 하는 일을
이해해주며
내가 겪는 아픔에
위로를 하며
내가 흘린 눈물에
손수건을 내밀어 줄
어디 그런
마음 따뜻하고
사랑 많은 사람 없나요
날 좀
날 좀 데려가요
내 분수도 모르고
이렇게 눈만 높은 난
오늘도 혼자임이 싫어
방황만 하고 있습니다

P.S. 아주 완벽한 사랑을 기다리지는 않아요. 그런데 왜
그대 앞에서 완벽하려 하는지 모르겠어요, 정말로.

날 사랑하지마

얼마 전
만난 아이가 있습니다
사랑한 건
아닌 것 같습니다

난 그저
보고 싶기도 하고
언제나 곁에서
이야기를 들어 주니
편안한 동생이자
연인이었는데

편해지는 내 마음과 함께
아파하는 한 사람의
마음이 있었습니다.

P.S. 고의로 마음에 상처를 준 것은 아니었는데 가끔은 이런
    제 자신이 저도 미워집니다. 미안할 뿐입니다.

우리 사이

친구가 될 수도
애인이 될 수도
그렇다고
모르는 남이 될 수는
더더욱이 없는데
이렇게
혼돈스러운
우리들의 관계를
어떻게
풀어나가야 할지
오늘밤도 고민이다

P.S. 남녀가 만나 만남을 이어나가려고 할 땐 선을 긋지 마세요.
    사랑할 땐 저절로 알게 되니깐.

울지마

제발
울지마
아니
울려고도 하지마

너야
여자이니 가능하지만
사내 대장부로 태어나
함부로 울 수도 없으니
네가 울면
나도 나도
나오려는 눈물에
힘이 들어

날 사랑한다면
내 앞에서만은
울지마
나나 너나
아무도 없는 곳에서
눈물로
눈물로
단 한 번의 사랑을 하자

P.S. 눈물에 약해지는 것이 남자일까요? 그 말이 맞나 봅니다.

뻔한 거짓말

바쁘다는 것은
정말 이유가
될 수 있는 것일까?

사랑하는데
서로 사랑하는데
바쁘다는 이유 때문에
시간이 없다는 건
그건 사랑이
아닌 것 같다

그치요?
그런데 난
매일같이 이 말을 해요
세상에나
뻔한 거짓말을
얼마나 많이도 하는지
나원 참!

P.S. 사랑하면요, 바쁜 가운데도 항상 함께 할 수 있어야 해요.
　　 그러기에 사랑하는 거 아닐까요?

첫눈에

첫눈에
반했어요
문득 문득
떠오르는 그대 모습에
그때마다
작은 한숨을 쉬지요

전화를 해 볼까?
생각도 해 보지만
아직 그대 이름도 모르니

내일은
다시 한 번
그곳을 찾아가리라
다짐하곤
다시 내 자리의
삶을 찾아갑니다

P.S. 첫눈에 반한 사랑은 멀지마요. 곧 잊혀지더라구요.

왜 안 오지?

어찌 된 걸까?
지금쯤
삐삐가 올 때가 됐는데
어느 새
자정이 넘어가는데

아직
잘 자라는 인사도 못했는데
왜 아직 안 오지

이 삐삐
오늘 또
고장났나?
휴——
나도 자야 하는데

P.S. 하루하루 해오던 만남은 행복하기도 하지만
　　 가끔은 불안하답니다.

그대 향한 그리움

나의 못남이
느껴지면 느껴질수록
한없이 커져만 가는
그대 향한 그리움

이내 사랑이 거짓은 아닐 텐데
가식만은 아닐 텐데
사랑하고 싶어도
사랑할 수 없는 건

나의 못남이
이대로
나 자신을 포기해야
하는 것인지?
그대를 향한 그리움에

오늘도
나의 못남은 하나씩
늘어만 갑니다

P.S. 난 이정도면 내 자신이 괜찮은 것 같은데 그대 때문에
　　 자꾸 약해집니다.

다가가려 하지만

다가가려 하지만
언제 날아갈지 몰라
조금은 떨어진 곳에서
바라봐야만 했습니다

그러다 속이 상해
나 자신의 못남을
한없이 탓해 보며
새로운 마음을 가져봤지만

결국은 한 발자국 다가섰다가
혼자 놀라
두 발자국 물러서곤

바보 같은 내 자신에게
넌 도대체
왜 그러냐고
혼자 싸우고 있습니다

P.S. 사랑을 하고 싶은 사람은 청심환을 꼭 준비하고 다가갑시다.

못다한 말

사랑하려는 이에게
사랑하고픈 이에게
사랑할 만한 이에게
하고픈 말은
해 줄 말은
해야 할 말은
무척이나 많이 아는데

나오는 말은
그저 밥 먹었어
잘 자라
또 연락할게
그러고는 수화기를 내려놓고
웬지 모를 아쉬움에
가슴만 애태웁니다

P.S. 할 말 다 할 수 있다면 그게 사랑입니까? 할 말 못하고
속만 태우는 것 그게 멍청하지만 사랑입니다.

나만의 사랑을 원해요

사랑하고 싶어도
자신이 없습니다
어느 누군가를
미치도록 그리워해 보니
그런 사랑
다시 시작할 엄두가
도저히 나질 않습니다

그러다 보니
어느 새
여러 사람들에게
상처를 주고 있습니다

나도 사랑하고 싶지만
용기가 없습니다
이런 말 믿기지 않겠지만
정말
자신이 없습니다

P.S. 한 사람을 사랑했던 제가 이렇게 큰 짐일 줄 몰랐습니다.
　　 도저히 사랑에 자신이 없습니다.

그냥 보고 싶었어요

의무감에
연락을 하는 것은
아니에요
혹시라도
지난 밤 연락 못해
미안하다는 말이
부담이 되었다면
잊어버려요

미안하다는 말은
짧은 인생
살아오면서
어느 새 습관이 되어 버린
저의 언어일 뿐이니

그대에게
부담을 주려
한 말이 아니니
잊어버려요
어젯밤엔
보고 싶고
목소리 듣고 싶고
그러고 싶었을 뿐이에요

P.S. 항상 대화를 하다보면 막힐 때가 있지요. 그럴 때 나만의 습관이
　　나오는 것은 더 오래 이야기하고 싶어서 그래요.

사랑하고 싶은 밤

오늘도
새벽 두 시가
되어서야
시를 써 봅니다

사랑에 대해
그리움에 대해
외로움에 대해

피곤한 어깨를 두드리며
시를 쓰다 보면
가끔은
내가 무엇을 위해
시를 쓰나
라는 생각이 듭니다

지금은
내 마음이 편해져
행여라도
이 마음 누군가가
공감해 주지 않을지
사랑하고 싶습니디

P.S. 저는 시를 쓰면서 가끔 가다 아! 이 마음이 사랑이구나 느낍니다.

잠 못 이루는 밤

머리가
너무 아파
잠을 자려 해도
도저히 잠들 수가 없다

어느 새
자정을 넘어 버린
벽시계의 모습은
점점
심해가는 두통의 아픔보다는
점점
깊어져만 가는
어둔 새벽의 고요함 속에 묻히고

떠오르는 이가 있어
내 마음은
오로지 잠들고
싶을 뿐이다

P.S. 환상인지도 모르겠습니다. 하지만 언제까지 이러도
    힘들어야 할지 모르겠습니다.

꿈

잠이 오질 않아요
아니 이대로
잠들어 버리면
행여 꿈이
깨어버리지나 않을지
정녕 그대와의 시간은
꿈이 아니길 바라며
긴긴 밤 잠 못 들고
그대 생각에
행복의 미소 지으며
눈을 뜬 채 꿈을 꿉니다

P.S. 꿈이어도 좋겠습니다. 그대와의 사랑이 꿈에라도 좋으니
　　제발 내 곁에 있었으면 좋겠습니다.

제2부

나의 고백

이런 글도 詩냐구요?
저의 시를 사랑해 주고 아껴주는
많은 이들이 저에 대한 오해 때문에
행여나 나중에라도 저의 못난 모습에
실망하지나 않을지!
솔직한 제 모습 쓰다보니
어느 새 시가 됐네요

솔직하고 싶어요

나의 못남은
숨기고픈
사실들이지만
하루하루
시간이 흘러

점차 나이도 들고
그와 함께
만난 이들이
만나는 이들이
만날 이들이
마냥 늘어만 가기에

언제까지
형식적인 사업으로
계획적인 수법으로
그들에게
내 모습을 보이기에
내 자신이 부끄러워

나도 아직은
한 번도 헤본 적이 없고
그러나 알고는 있는
나의 못남을 적어가려 합니다

P.S. 나의 못남에 대한 글을 쓰려 할 때는 몇 날 며칠을 고민한
    각오가 있었습니다.

내가 나를 사랑한다는 것은

난
내가 싫다
난
내가 밉다
난
날 잘 모르겠다

어느 새
이십여 년을
이대로 살아왔다

지금의 난
내 자신을
아주 조금이라도
사랑해 주고 싶다

이젠
나도
행복해질 수 있을 테지

P.S. 나를 내가 안 아끼면 누가 아끼겠습니까?
　　　나는 내가 사랑해 줘야지요.

복권에 들킨 내 마음

고생 않고 돈을 벌어
벼락부자가 되는 것이
헛된 꿈을 좇는
부질없는 일이란 걸 알고
후배들에게
제자들에게
열심히 최선을 다해 살라 하지만
가끔 어쩌다
복권이 생기면 행여하는 마음에
조심스레 벗겨보고
꽝이 나오면 밀려오는 허탈감
기대한 내가 잘못이지
에휴——으쯔나

P.S. 요행을 바라지는 않습니다. 다만 나의 때를 기다리는데
     이런 맘 하나님께 들킬 때면 그저 죄송할 뿐입니다.

싼 게 비지떡이라고?

수중에 돈이 없어
아끼고 아끼려고
자린고비짓을 하면서도
목욕탕에는 꼭 찾아가고
지나가다 싼 물건이라고
누가 나와 물건 팔면
혹해서 물건 사고
그러다가 속은 것 알면
내 그럴 줄 알았어 하면서
가슴만 치니
언제나 매번 속고만 살아야 할까!

P.S. 남을 쉽게 믿지는 맙시다. 그런데 가끔 가다 생활에 큰 지장이
　　없으면 속아줘야 그들도 살아가겠지요.

컨닝의 추억

대학에는 가고 싶은데
고2때까지의 성적은
내신 7등급.
양심을 속이는
A학점보다는
떳떳한 F학점이
낫다고는 하지만,
밀려오는 유혹은
아니 닥쳐오는 현실은
고3 시절 컨닝의 도사였다.
반에서 잘 나가지도 못했고
까불까불대다가
결국엔
양심도 팔아 컨닝을 해서
내신을 올리고 그러다
결국엔 전기대에 떨어져
낙방의 쓴 잔을 마시고 말았다.

P.S. 추억이 아닌가 합니다. 이런 것이 다 지나간 우스운
　　추억이 아닌가 합니다.

나만의 그대는

나의 못남이란
사랑하고 싶은 그대에게
사랑받고 싶은 마음에
숨기고픈
나만의 비밀

그대를 향한
사랑이 커져가면
커져갈수록
자꾸만 드러나는
나의 못남은

그대만 있어준다면
세상 어떤 일이라도
다할 수 있을
자신감으로 바뀔 텐데

이내 못남마저
사랑해 줄 그대는
지금 어디에 있는지
혹시나
그대가 나만의
사람은 아닌지
그립습니다

P.S. 나의 못남은 그대 향한 사랑 때문에 커져갑니다.

겉 따로 속 따로

억누를 수
없는 감정에
언제나
겉 따로 속 따로

착해지고 싶지만
내게도
솟아나는 약한 마음은
언제나
날 혼란에 빠뜨려
방황하게 만든다

난 내가 좋다
그런데 솔직히
내가 싫어질 때가
더 많은 것 같다

P.S. 내가 내 자신이 싫어질 때 너무도 힘든 때인 것 같습니다.

내 마음은 이래요

서태지가
은퇴한단다
신문과 TV는
연일 그 기사뿐이고
전국의 십대들이
난리가 났다

우째 이런 일이! 하며
혀를 차 보지만
내심 속으로는
그들이 부럽다
그들만의 인기와
그들이 벌었다는
60억의 재산과
그들만의 재능이

언제나 속으로는 부러운데
그놈의
자존심 때문에
전혀 내색을 못하는
나의 못난 자존심이여

P.S. 서태지의 재능을 칭찬해 주고 싶습니다. 그런데
　　그의 영혼이 불쌍하게 보입니다.

행복은 성적순일까

나의 못남은
국민학교 일학년 때를 제외하고는
한 번도 받아보지 못한 우등상과

항상 중간의 성적에서
그냥 그냥 살아오던 습관들

욕심도 오기도 없이
그저 이렇게 살면 되겠지
나태한 마음

풀어진 육체
그래도 꼴에 자존심은 있어서
남이 잘되는 것을 보면
배가 아프다

에이! 한심한 인생아

P.S. 나도 우등상 타보고 싶었는데, 에이! 행복이 성적순이
    아니라니깐 멀어봐야지.

작은 용기

어떤 일에든지
주어지는 일에는
자신있게 덤비고는 있지만
언제나
한 가지 일이 끝날 때까진
대답하지 못하고
몇 날 며칠을
걱정에 싸여
끙끙 앓기만 한다

그 일이 끝나면
너무나도 허무해
텅빈 공허한 마음에 눌려
몇 날 며칠
긴 한숨만
내쉬고 있어야 하니
에고!
용기 없는 이내 맘이여

P.S. 한 가지 일에 충실한 것도 좋지만 그 일이 내게
스트레스가 된다면 얼마나 버티겠어요, 그치요?

마음뿐인 사랑

그 동안
사귀고 싶고
사랑하고 싶고
좋아하던 여자가
어디 한둘이었나

그렇게도
돈 쓰기 싫어했지만
악착같이 돈을 아껴
그녀에게
작은 선물 하나
주려 했지만
언제나 마음뿐

금세
생활에 지쳐
그녀 생각은 잊어버리고
또다시
일에만 매달리는
불쌍한 나의 청춘아!

P.S. 사랑하는 사람에게는 꼭 해줘야 할 최소한의 것이 있지요.
　　 그 이치를 모르면 언제나 마음만 상해요.

일기장에 묻힌 마음

그녀 없으면
죽어도 못 살 것 같다고
수도 없이
많은 밤을
일기장에 쓰고 쓰고 또 쓰고

그러고도
막상 앞에 서면
고백은커녕
괜히 퉁퉁거리며
은근히 속만 끓이고

그러다
지가 좋아하던 여자는
모두 다 남들에게 가고
지 팔자라며
나만의 무능력을
탓하고만 있다

P.S. 사랑은 도전이랍니다. 표현이랍니다.
그런데 전 그게 잘 안됩니다.

이왕이면 내 사랑은

마음 착하고
신앙심 깊은 여자가
신부감으로
아니 애인감으로도
최고라고 하면서도
내심으로는
이왕이면 예쁜 여자가
섹시한 여자가
나만의 애인이길
장래의 내 부인이길
원하고 있다

P.S. 이런 마음도 있어요. 아니고는 싶은데 있어요.
　　그래도 내 사랑을 더 원해요.

우월감과 열등감

군시절 쫄따구 때
운동도 못하고
힘도 약하고
교회만 나가는 놈이라고
인신 공격만 하고
괴롭히던 고참이
그렇게도 미웠는데
나 자신 고참이 되어
지 감정 하나 추스리지 못해
조금만 짜증나면
애매한 쫄따구만 괴롭히며
나도 니 때에는 다 그런 생활했어 하며
나 자신을 합리화했다
지금도 나는
나보다 약한 이에겐
웬지 모를 우월감을
나보다 강한 이에겐
웬지 모를 열등감을
지니고 산다

P.S. 이렇게 살지 맙시다. 치사하게 살지 맙시다. 강할 땐 강하게
   그러나 약할 땐 약하게 우린 인간임을 잊지 맙시다.

난 아직 모르겠어요

사랑이란
이별이란
괴로움이란
방황이란
외로움이란
그리움이란
이런 이런 모든 걸
모두 다 뼈저리게 느꼈는데
난 아직도 모르겠어요

P.S. 무식한 것인가요? 내가 잘못된 건지 아니면 정말로
　　내가 어린 건지 어렵기만 합니다.

못생긴 발가락

나의 꿈은
문화복지 목사다
복지 사역이 꿈이다 보니
언제나 장애인들을
이해하고 싶고
도와주고 싶다
난 그들의 마음을
아주 아주 조금은 안다.

열심히 사회생활을 하고
오히려
정상적인 육체를 가진 이들보다
더욱더 떳떳하고
멋있게 살아가는 그들이
존경스럽기도 하고
부럽기도 하고

난 그들에게
배울 것이 너무 많다
난 그들을 돕는 것이 아니다
오히려
그들에게 도움받고
그들의 삶의 자세를
배워야 한다

2센티도 자라지 않은,
나의 열개 중에
한 발가락은
어린 시절 내게
아니 지금껏
무척이나 큰 수치였다
아니 내 스스로
수치로 만들어갔다
아, 벗어나고 싶은 이 마음!

P.S. 외롭고 어려운 이웃을 돕는다고 생각하지 마세요. 우리는
    그들에게 어쩌면 도움 받으며 살아가야 하는 건지도 몰라요.

부러웠어요

학교 다닐 때
공부는 잘 안하고
맨날 노래만 하며
가수가 되겠다던 아이들 보면
한심하다 했고
매일 춤만 추며
나이트장에 가
춤을 배워오는 친구를 보면
그래도 난 성적이 조금 낫다고
그들을 겉으로는 비웃었지만
난 솔직히
그 아이들의 재능이 부러웠다
많은 이들 앞에서
노래도 하고 춤도 추고
나도 인정받고 싶었는데
휴-답답하다

P.S. 남의 하는 일을 맘대로 평가하지 맙시다. 나 스스로 내 자리에
충실해야지 뭐 잘났다고 남을 평가하겠습니까.

사랑은 표현하는 것

나의 못남을
표현하지 못하는
이내 마음이
화나고 답답도 하고

사랑하면 사랑한다
좋아하면 좋아한다
좋으면 좋다
싫으면 싫다
말을 해야 할 텐데

난 언제나 하고 싶은 말을
다하지 못한다
그래서 언제나
혼자 상처받고
힘들어하는 바보인생이다

P.S. 고백합시다. 표현합시다. 저의 최대의 못남이 아닌가 합니다.

우등상에 대한 기억 하나

이제는
무감각해진
나의 자존심은
한 번도 타보지 못한
우등상장에
언제나 남이 탈 때
박수만 쳐주고

언제나 중간 정도의
성적을 유지하고
평범한 삶이
좋다고는 하지만
결코 평범하게
살기는 싫고

오늘도 남의 유명함에
박수를 쳐주지만
웬지 배가 아파오는 것
못난 내 머리의
안타까움

P.S. 우등상 받는 친구들이 왜 그리 부럽던지 행복은 성적순이
　　아니라지만 부럽더라구요.

나의 취미는 독서랍니다

책읽기가 취미라고
몇 날 며칠
지가 좋아하는
책은 끝까지
읽고 또 읽고

하지만
남들이 모두
중요시하라는
영어공부 책은
한 줄만 봐도 머리가 아파
금세 잠이 들어 버리니
아무래도 나에게 세계화의 길은
멀고 먼 일인가 보다

P.S. 아무리 하기 싫어도 꼭 해야 할 일이 있답니다. 한 번 해봅시다.

손가락이 짧은 이유

사람들은
콘서트나 여러 행사 때
진행하는
내 겉모습을 보고
괜찮고 멋있다고 말한다

하지만 그들은 알까?
내 손가락이
단지라는 걸
친한 이들만 알아
단지라고 놀리면
괜히 딴 말로
화제를 바꾸며
진땀을 빼야 하고

내가 봐도
못생긴 내 손가락은
별것도 아닌 게
내 신경을 건드린다

P.S. 크지도 않은 아주 작은 일이 우리 삶에
     큰 장애물로 남을 때가 있답니다.

미스터 코리아를 꿈꾸며

나는 왜
운동을 못할까?
어릴적부터
반 대표선수는
해본 적도 없고
운동회 때 달리기가 무서워
언제나 걱정에 휩싸이고

결국엔
군대가서도
한 번도 중대 대표도
못 해보고
언제나 체육대회 때면
응원단장만 해야 하고

나도
남자다운 근육질에
멋진 운동 신경이 있다면
그렇다면
얼마나 멋있을까?

P.S. 남자가 남자답다는 것은 무엇을 말해 주는 것일까요?

쌍꺼풀이 아름다운 이유

평소에 풀려 있는 내 눈은
쌍꺼풀이 이쁜 눈이라고
우기고 있지만
선천성인지
아님 어떤 이유인지
내 몸에 있다는
당뇨병

고칠 수도 없고
언제나 피곤한 내 눈은
꺼벙하게만
보여야 하기에
콘서트 무대에 서기만 하면
신경이 쓰여
벌겋게 충혈이 되고

난 아무렇지도 않은 듯
내 몸에 자신이 있는 척하지만
숨기고 싶고
없었으면 하는
나도 모르는 당뇨병

무리하지 말고
음식을 가려 먹고
잠을 많이 자고
언제나 조심하라는

주위 사람들의 염려와
의사 선생님의 지시는
조금만 무리하면
부담감으로 떠오르고

사람의 몸이야
하나님이 알아서 한다지만
내 몸은
내 자신이 챙겨야 하기에
조금 더 오래 살고
건강하게 살고 싶어
오늘도 커피는 안 마시고
녹차를 마신다
아!
내 육체의 못남이여

P.S. 자신에게 행복한 일이 없다고 생각하세요? 지금 당장 내 몸의
    건강함을 생각해보세요. 그대에게 최고의 행복이 올 거예요.

진짜예요

기형아
쓰고 싶지도 않고
밝히고 싶지도 않지만
나의 못남을
쓰기 위해서는
꼭 써야만 하는
내 몸 속의 못남은
아니
내 몸 속의 비밀은

기형아
우리는 TV에서
신문지상에서
신체에 장애가 있고
자라며 신체에
장애가 생긴 이들을
불쌍해하고 신기해하고
웬지 틀린 삶으로 여긴다

내 발의 발가락은
분명 열 개다
하지만
오른쪽 약지 발가락 하나가
자라지를 않았다

국민학교 말부터
자라지 않아
새끼 발가락보다도
작은 발가락 때문에
한 여름에도
꼭 양말을 신었고
남이 알까 봐
언제나 발가락을
움츠려야 했다

살아가는 데
아무런 지장은 없지만
언제나
내 자신의
최고의 부끄러움이
되어야만 했다

지금도 난
이 글을 쓰기가 부끄럽다

P.S. 쓰기 싫었습니다. 용기도 필요했고 하지만 쓰고 나니
　　　속 시원합니다.

똥배와 인격의 상관관계

영화를 보면
웃통을 벗어버린
남자들의 몸매가
얼마나 멋있던가?
배에는 王자도 생기고
여기저기 울퉁불퉁

사실
나도 나오기는 했지만
단지 한 곳
나의 아랫배
왜 나는 젊은 나이에도
똥배가 나와야 할까?

오늘도
똥배는 인격이라고 우기며
말도 안 되는 입씨름을
힘겹게 되풀이하고 있다
어휴——
별게 다 골치다

P.S. 사람의 인격이랑 나온 배하고는 아무 상관없어요. 알지만
    그냥 우기고 싶을 때가 있답니다.

나의 삶

어린 나이에 괜히 일찍 일에 뛰어들어
자꾸만 보이는 세상의 삶에
행여나 부정적인
삶을 살아가지나 않을까
내심 걱정이 되지만
언제나 이 밤의 진지한 주제는
저만의 삶과 신앙이야기랍니다.

내 마음은 전쟁 중

천사처럼
착한 이가 되고 싶어
가끔씩은
착한 일을 해보기도 하고

바울처럼
신실한 신앙인이 되고 싶어
가끔씩은
주님 뜻을 헤아리기도 하고

효자처럼
인정받는 아들이 되고 싶어
가끔씩은
부모님을 위해 뭔가 해드리고 싶고

그치만 언제나
내 맘 깊은 곳에는
선과 악이라고 말하기엔
너무나도 거창하지만
두 마음이 싸우고 있다
내 마음은
시금도 진쟁 중이다

P.S. 처음부터 착한 사람이 있겠어요. 착하게 살려고 선해지려고
     노력해야지요. 나 먼저라도.

시인 같지 않은 시인

내 시집을 읽는 이들은
날 시인이라 부른다
그러다 보니 어디를 다니든지
누구를 만나든지 난 저절로
시인으로 불린다
시인
누가? 내가?

나도 좋아하는 시인이 있다
천상병님
도종환님
서정윤님 그 외에도
난 시를 좋아해
나이가 젊은 또 많은 여러
시인들의 시집을 가지고 있다
감히 그들과 하는 일이 같은
시인이라니
누가? 내가?

그런데 난 시인이라 하기엔
부족한 게 너무 많다
시인들은 대부분 조용하고 감성적인데
난 활발하고 직업도 이벤트업이고
레크레이션 강사이고
시인들은 대부분
밤을 새워 사랑을 고민하고
사랑을 아파하며
자기만의 시간을 보내려고 하는데

난 하루종일 일을 찾아다니고
사랑을 그리워하고 고민도 해보지만
사랑보다는 일이 좋아 언제나 바쁘게 살아가고 있다
시인들은 얼굴만 보아도 시인의 분위기가 난다는데
날 보는 이들은 그저 씩씩하고 재미있고
천연덕스럽다고 말한다

그래도 난 오늘도 시를 쓴다
그냥 쓰고 싶고
적고 싶고 남기고 싶고
사랑하고 싶고
세상을 꿈꾸고 싶어 시를 쓴다
하늘을 날아
이상을 펼치고 싶지만
그럴 수 없는 나를
작은 시 한편 속에서
찾아가고 있다
이 모난 시들이
또다시 책으로 나온다면
며칠밤 그 시집을 붙들고
읽고 읽고 또 읽고
행복에 겨워하겠지

P.S. 내 시를 사랑해 주는 독자들 중 첫째가는 독자는 역시 저인 것
    같습니다. 나 스스로가 만족할 때 느끼는 행복이 있기에
    오늘도 시를 씁니다.

외로움의 시

이제 다시는
슬픈 노래는
부르지 않겠다던
가수는
얼마 지나지 않아
가슴 시린
이별을 노래한
슬픈 노래를
다시 부르고 있었고
그 노래를 들으며
나도
슬퍼지고 있었고

외로움을 노래한
시는
다시는 쓰지 않겠다던
얼마 전의 고백은
잊어버린 채
나도 이 답답한 외로움의 시를
다시 쓰고 있다

P.S. 외롭고 싶지 않지만 그대와 떨어져야 하기에 영원히
　　외로울 수밖에 없을 것 같습니다.

내 몸은 덤인데요

한 사람을 그려볼까
그만을 위해 시를 쓰다 보면
어느 샌가 한 권의 시집이 나오겠죠
그 시집 들고 그녀에게 찾아가
더 이상 기다릴 수 없으니
이 작은 선물 받고
덤으로 이내 몸도 가져가요
라는 이야기 한 번 꺼내 볼까
별게 다 나를
걱정에 빠뜨리게 하네

P.S. 내 마음을 고백을 한다는 것 야! 이거 참 어렵네요.
　　좋은 방법이 있으면 좀 알려줘요.

나도 시인이었으면 좋겠다

사랑하기 때문에
행복하기 때문에
내가 살아왔음을
다시 한 번 확인할 수 있으니
시인이라 하기엔
내 자신이 부끄럽지만

그래도
난 나의 시를
사랑하고 아끼고
시를 쓸 수 있는 마음을 주신
하나님께
감사할 뿐이랍니다

P.S. 시는 마음이라고 그러더라구요. 마음으로 쓰는 시만이
　　 감동을 줄 수 있다고 생각해요.

아직도 할 일이 남았나?

늦은 밤
열한시가 넘도록
하루종일
일만 하다 왔는데

텅빈 방안
혼자 앉아
허기진 배를 채우고
피곤한 몸을 누이지만

아직도
무어가 아쉬운지
쉽게 잠들 수가 없는 건

외로움일까?
아님
허전함일까?
하루 이틀도 아니고
이거 참
큰일이다

P.S. 할 일이 있는 것도 이'신데 잠이 안 오는 건 백이면 백
    다 외로움이었니다.

포기할 수 없는 꿈

행복하고 싶어
꿈을 꾸고 있지만
그 꿈이
이루어지기에는
아직도
멀기만 한데

자꾸만
내 꿈을 깨우기만 하는
무수한 소음은
행복한 미래보다는
차라리
편안한 오늘

이대로
포기하기에
이내 꿈은
너무도 아쉽기만 하다

P.S. 미래를 개척하려면 현실의 고난이 따른다는데 사실이겠지요.
   젊어 고생은 사서도 한다는데.

오늘 난

하루종일
갈 곳을 몰라
시내 곳곳을
헤매이다

한 겨울의 추위에
홀로 있음을
원망만 하다가
들려오는 찬송가 소리에
고개를 돌리니

말없이
바닥에 누워
구걸을 하는
한 걸인 아저씨

하루종일
차가운 시멘트 바닥에
나보다도 더 얇은 옷을 입은 채
고개를 숙이고 동전바구니를
밀고 있었다

추워지는 몸보다도
차가워지는 이내 마음
오늘 난 무엇을 해야 하는가?

P.S. 우리 할 일이 있음을 잊지 맙시다. 우리가 살아가야 할
    이유를 절대로 잊지 맙시다.

왜 ?

살아가다 보면
이것이
정말 내 모습인가
라는 의문에 빠지기도 하고

살아가다 보면
자꾸만
잃어버리는 내 모습에
왜일까?
라는 의문만으로 몇 날을 헤매이기도 하고

살아가다 보면
그놈의
왜? 라는 소리만
자꾸 되풀이하게 됩니다
하지만
세상 어디에서
그 답을 찾을 수 있을지는
그조차도
의문이지요

P.S. 내 스스로의 모습을 지켜나가는 것 이건 자존심이 아닙니다.
    내 삶의 전부입니다.

여행가고 싶은데

일이 좋아
일만 하지만
언제나 일에 치여
어깨가 무겁고
고개를 숙일 때가 있습니다

왜 그런지 모르지만
단 며칠이라도
아무 근심 걱정 없는
낯선 곳으로
여행을 가고 싶습니다

하지만 언제나 마음뿐
오늘도
무거운 걸음으로
아침문을 열고 나갑니다
오늘은 또 어떤
하루가 펼쳐지려나

P.S. 여행요? 가출이 아닌 여행은 사람을 성숙시켜요. 아주 많이.

난 힘들다

줏대없는 내 마음은
이 사람도 좋고
저 사람도 좋고
이렇게 모든 이에게
정확한 내 맘
표현하지도 못하고
언제나 속만 끙끙
싫다
진짜 싫다
이런 약한 내 마음이

오늘도
세상은 날 흔든다
내 마음 약해지게
돈도
여자도
세상도
내 맘을 흔든다
난 힘들다

P.S. 세상을 너무 우습게 보지 마세요. 우스운 세상에 넘어간 사람들
　　이 얼마나 많은데……돈, 여자, 세상 모두 무서울 때가 있어요.

쓸데없는 소리

자살이 유행이라고?
세상에
어떻게 그런 말이

다 살아
살아가다 보면
당신도 웃을 때가 있어

너무 멀리서
행복을 찾으려고 하지마
똑똑히 봐
느껴 봐

살아 숨쉬는 것
그 자체가
행복일 테니

자살이 유행이라고?
그런 쓸데없는 소리
다신 하지마

P.S. 생명의 고귀함을 아시지요? 지금 그대의 옆에 힘들어하는
　　사람이 있을지도 몰라요. 관심 좀 가져봐요.

평화통일 합시다

북한이 흔들린다
고급 엘리트들이 탈출하고
먹을 식량이 없어
민심이 흉흉하고
전방에 병력이 집중하고
분위기가 어수선하고
우리 나라 군대도
훈련이 강해지고
어휴 이러다
전쟁이라도 나면
그러면 난 어찌 되는 거지?
예비군 특공대
아무튼 뭐라도 해야 하는데
지금 할 일이 너무 많은데
제발 아무일 없이
잘 넘어갔으면
혹시 통일이 되도
난 걱정이 될 거 같으니
으휴 난 왜 이러나

P.S. 우리 기도해야 합니다. 북한을 위해서 민족을 위해서
　　 대한민국 사람이라면 말예요.

독도가 지네 땅인가

일본이 그러는데
독도가 자기네 땅이래요
온 나라가 시끄럽고
나도 솔직히 화나고

일본놈들 못됐다고
욕도 하고 저주하고
이 못된 놈들을
어찌 할까 한참 떠들다가

곰곰이 생각하면
이러다 전쟁이 나면
우리가 질 텐데
라는 걱정도 있고

이거 큰일났네 라는
걱정에 겁도 나고
난 왜 이리 겁이 많지

P.S. 이런 말 안 들으려면 우리나라 국력이 커져야 하는데
　　그럴려면 한 사람 한 사람의 실력이 커져야 해요!

이런 날은 슬프다

아침 일찍 일어나
부산하게 움직여
하루를 준비했는데
행사장에 도착해서
잊고 온 준비물이 생각날 때

저녁 7시에 약속이 있어
급히 행사장을 나왔는데
길이 막혀 약속 시간에
배나 늦게 도착했을 때

아무도 없는 텅빈 교회에 앉아
마음이 아파
눈물은 흐르는데
기도소리는 나오지 않고
한숨만 자꾸 나올 때

피곤한 몸을 이끌고
퇴근하려 4층에서 내려왔는데
오토바이 헬멧을
놓고 내려왔을 때

짜증나지만
4층까지 올라가
헬멧을 찾아왔는데
오토바이키를 잃어버려
어디 있는지 모를 때

속이 상해
너무나도 울적해
늦은 시간이나마
보고 싶은 이에게
전화를 했더니
지금 자고 있다고
전화를 받지 않을 때

간신히 간신히
지친 마음 추스릴 때
보고 싶은 이로부터
다시 전화가 와
얼마나 보고 싶냐고 물어 보니
조금밖에 안 보고 싶다고
너무 쉽게 대답할 때

다음 날 있을 행사를 준비하고
새로 힘을 내어 잠을 자려 하지만
자꾸만 약해지는 마음에
내 자신이 흔들릴 때

이런 날은 정말로 슬프다
이럴 때 너라도 있었으면
마냥 슬프지만은 않을 텐데
슬프지만은……

P.S. 이 모든 일이 하루에 일어났던 일이라는 게 도무지 믿어지지
    않았지만 다음 날을 위해서 난 쉬어야 했다.

공부를 해야 한다

공부를 해야 한다
내가 다니는 대학이
세상에서 제일 좋은 곳으로
알고 계시는 부모님을 위해
못 배운 설움을
자식들을 제대로 못 가르쳐
가슴에 심장보다 더 큰 한을
품고 살아가시는 부모님을 위해

공부를 해야 한다
열 여섯의 가장 순수한 나이에
동생 공부를 위해서
배움을 포기하고 공장에 들어가
기계를 만져야 했던
시집 갈 밑천으로 모아둔 돈마저
어려운 형편의 집을 위해
마지막으로 남은 퇴직금마저
동생 등록금으로 말없이 건네준
그리고 이제서야
고입 검정고시를 독학으로 준비하는
하나밖에 없는 누나를 위해서

공부를 해야 한다
자기가 그렇게도 가고 싶은 대학에
남들은 붙어만 달라고
돈을 얼마든지 투자하는데
아무 말없이 공부해

대학이란 곳에 붙어서도
그놈의 돈이 뭔지
그러고도 자기가 돈벌어
동생 공부시킨다고 큰소리치다
세상일이 뜻대로 안되어
가끔 술에 취해 가슴에서
올라오는 눈물을 훔치는 형들을 위해

공부를 해야 한다
사랑하는 부모님의 마음 속에
잊지 못할 아픔을 준
사랑하는 누이의 여린 맘에
시리도록 아픈 서러움을 준
사랑하는 형제들의 가슴 속에
참지 못할 서글픈 눈물을 준
이 세상을
사랑하는 방법을 배우기 위해서는

오늘밤도 그냥 잠들 수가 없다
한 자라도 더 쓰다가 쓰다가
나도 모르게
잠이 든다
그리고는
또 아침이다

P.S. 하루를 열심히 살아야 할 이유 멀리 있지 않습니다.

비오던 날

오랜만에
단비가 와
길고도 긴 가뭄이
조금은 해소가 되었다고
좋아하는데

비만 오면
떠오르는 옛 생각에
깊은 상념에 잠겨
잠시의 여유도 찾지만

아홉시 뉴스에
빗길에 미끄러진
버스 안에서
또 죽어간 여러
청소년들의 기사를 들으며

이 비가 밉고
원망스럽고
불쌍하다, 불쌍하다
아!
나도 모를 내 마음이여

P.S. 인간의 마음이란 여자만이 아니고 남자조차도 갈대랑 똑같아요.

안되면 말지 뭐

가난하면 용감하다
안되면 말지 뭐
이 이상
어떻게 더 힘들까?
안되면 말지 뭐
가난하면 용감한가?
그래도 안되면
그래도 안되면
어휴——
안되면 말지 뭐

P.S. 이런 게 똥배짱인가요? 그치만 이런 배짱조차 없으면
　　무슨 낙으로 사나요?

욕심은 없다

부자가 되고 싶은
욕심은 없다
이사하지 않아도 되는
내 집에서
비싼 음식은 아니어도
정성껏 만든 음식으로
이젠 할머니 할아버지
소리를 들어야 하는 부모님과
사랑하는 가족들과 함께
웃기도 하고
장난도 치며
한 자리에 모여
식사만 할 수 있다면
하루하루가
열심히 노력하는 만큼
행복할 수만 있다면
얼마나 좋을까?
그러면 얼마나 좋을까?
부자가 되고 싶은
욕심은 없다
어둠 속에서 잠 못 들고
내일을 걱정하며
살아야 하는 많은 이들도
아마 부자가 되고 싶은
욕심은 없을 것이다

P.S. 큰 욕심이 아닌 이런 작은 꿈조차도 욕심이라 하는 이들도
있지요. 그들은 얼마나 소박한 사람들인지.

하나님 뜻대로

엄마가 병원에 입원하셨다
이번엔 당뇨가
무척이나 심하셔서
인슐린을 맞아야 한단다

여전히 바쁘다는 핑계로
낮에는 가지를 못하고
늦은 밤 병실로 들어가
가만히 엄마 옆에 누워
잠을 청해 본다

나는 슬프다 왜 이런 일이
자꾸만 생기는지
엄마에게 용기가 되고
힘이 되는 말을
해주고는 싶지만
아무 말도 못하고 있다

그저 옆에서 같이 잠이나 자며
막내가 옆에 있다는 사실만을 확인시켜 줄 뿐

하나님 낫겠지요
미안해요 이내 맘 아시고
하나님 뜻대로
하나님 뜻대로 하소서

P.S. 안 아팠으면 좋겠어요. 내게 아무것도 안해 줘도 좋으니
　　엄마가 안 아팠으면 좋겠어요. 제가 바라는 전부예요.

우리네 아버지들

상사에게 대들지도 못하고
일방적으로
당하기만 하다
새로 오는 신참들의
능력에 밀려
눈치만 보는 남자들

마음이야
어울리고 싶지만
피곤한 몸
가누지 못하고
오로지
쉬고만 싶은 남자들

어느 새
꿈 많은 청년에서
돈버는 기계로 전락해
그저 돈만 벌다
많이 벌면 성공한 남자
아니면 실패한 남자로 결정되는 세상

이런 세상을
살아가며 말못하는 사연만
간직하고 있는
불쌍한 우리네 아버지들

P.S. 옛날엔 아버지의 권위가 제일 존경받았다는데 돈이 이 땅에서
     판치는 날부터 돈이 존경을 받게 되었다. 슬픈 세상이다.

다운이가 있다

우리집은
왜 이리
힘들기만 하는 것일까
고난과도 같은
서로의 짐들은
잦은 언쟁으로 나타나고
웃음이 사라진 이 집은
서로를 아끼고는 있는데
단지 돈이 없기에

우리 집의 희망은
다운이가 있다
이제 세살박이
다운이의 재롱에
모두들 웃어본다

웃다웃다
그러다
나오는 긴 한숨은
내 눈에
내 맘에
눈물토 고인디

P.S. 행복을 찾아봅시다. 비록 눈물이 나오고 한숨이 나와도
찾아봅시다. 우리만의 행복을.

괴물아

다운이는
이상하게 늦게 잔다
매일 밤 자정이 넘도록
할머니는 재우려고
다운이는 안 자려고
웃겼다, 울렸다 싸운다

할머니의 마지막 카드는
캄캄한 창 밖의 괴물이다
괴물아 하고 부르면
무서워 할머니 품에 안기고는
자기도 모르게 잠이 든다

괴물아
창 밖의 어둠은 나도 무섭다
다운이가 무서워하는
괴물이 무엇일까?
나도 나도 무섭다
괴물이 세상이

나도 좀 누가 안아서
재워주지는 않는지
어두워지는 게 싫어지는
밤이다 이 밤은

P.S. 어떤 시절 우리를 무섭게 하던 괴물. 전차 어른이 되면서
　　그 괴물이 현실에 나타나니 어찌 해야 할지 모를 때가 생깁니다.

효자

나도
효자이고 싶은데
당장 급한 내 일은
미안해요 아버지
미안해요 엄마

조금만 더
조금만 더
기다려 주시면
언젠가는
이 막내가
꼭 호강시켜 드릴 테니

효자소리 들을 테니
지금은
제 일이 너무 바쁘니
조금만 더
기다려 주세요
막내가 사랑하는 거 아시죠?

P.S. 매일 이런 말만 하는데도 우리 부모님들은
     다 이해해 주십니다.

내 부모

세상에
사랑할 것이
무척이나 많다 하지만
내 부모만큼이야 하겠습니까?

너무나 가까워
함께 할 시간은
얼마 있지 않아도
늦은 밤 집에 돌아가
잠든 내 부모 옆에서

이제는
점점 나이들어가는
내 부모 손잡고 있노라면
세상에
사랑하는 이가 많고
할 일이 많다 해도
내 부모만큼이야 하겠습니까!

P.S. 부모님에 대한 시를 쓰고 싶습니다. 가끔씩이나도
　　꼭 쓰고 싶습니다.

내 곁엔

내 주위엔
언제나 많은
이들이 함께 있었지만
정작
시련이란 커다란
인생의 고비를
넘기려 할 때엔
어두운 밤거리를
홀로 걸어가야만 했다

평소
바쁘고 함께 어울릴 땐
그리 중요하지 않던
예수 그리스도
난 오늘도
그분과 함께
참으로 오래도록
걸어야만 했다

P.S. 모래 위의 발자국을 아시나요? 네 발자국에서 두 발자국으로
　　변했을 때 예수님이 날 업고 있었다는 얘기 아나요?

나의 가장 큰 기쁨

나의 못남은
스스려 숨기려 했던
나만의 부끄러움이었지만
이제 나의 못남은
사랑하는 이에게
아니 사랑하고픈 이에게
좀더 떳떳이 나가려는
이내 모습 만들기 위해
나의 못남은
나만의 연단이 되고
나만의 사랑이 되고
사랑하고 싶기에
나의 못남조차
그대 앞에 기쁨이 되었으면 하는 소망에
기도를 드리지만
어느 새 나의 못남과
함께 자리잡은 나의 잘남은
아! 예수님
내게 있어
숨기고픈 모습들조차
감사의 조건으로 만들어 주고
할 수 없을 것처럼
막연했던 사역들에
자신있게 도전할 수 있는
용기를 허락해 주시고
어제도 오늘도 또한 앞으로도
언제나 내 삶을 지켜 주신다던
그분의 약속

내 비록
세상 사랑에는
상처를 받아 많은 밤
외로움과 그리움의
주제로 시를 썼지만
자꾸만 솟아나는
기쁨은
한 분의 사랑으로 인해
넘쳐나는 감사와 기쁨과 소망
나의 못남은 수도 없이 많지만
내 어릴적 만나
지금껏 함께 한
앞으로도 함께 할
아니 영원히 함께 할
예수 그리스도
백 가지 천 가지 만 가지 나의 못남이 있어도
단 하나뿐인 나의 잘남은
나 어릴적 내 예수님
하나님 감사합니다
하나님 사랑합니다
여러분 저의 단 하나뿐인 잘남인
예수 그리스도
그분 한 번 만나보지 않으실래요
궁금하시면 저한테 삐삐쳐요

P.S. 저의 수도 없이 많은 못남이 있지만 전 이 세상 멋있게
　　행복하게 살아갈 자신이 있읍니다. 단 하나뿐인 잘남인
　　내 안의 예수님이 있기에……행복합니다.

감사합니다 하나님

글씨를 잘 쓰는 이들이
웬지 부럽습니다
내 딴에는 잘 쓰려 하는데
마음이 삐뚤어져서 그런지
악필인 글씨가 마음에 들지 않아 속이 상합니다

운동을 잘 하는 이들이
웬지 부럽습니다
내 딴에는 잘하려 하는데
똥배가 나와서 그런지
몸이 마음과는 다르게 움직여 속이 상합니다

머리가 좋은 이들이
웬지 부럽습니다
내 딴에는 열심히 하는데
머리가 안 따라서 그런지
자꾸만 잊어버려 또 외워야 하니 속이 상합니다

그나마
내 자신을 느끼며
글을 쓸 수 있는
삶의 영역이 있으니
내 다른 것 다 못해도
이 시간이 있어
하나님께 감사합니다

P.S. 열등생이란 없습니다. 누구든지 자기만의 삶이 있기 마련입니다.

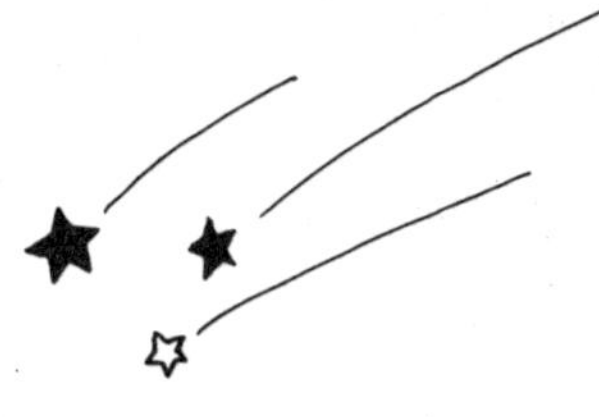

사랑그리기 8

향기있는 추억보다는 나만의 사랑을 원해요

지은이 · 임우현
펴낸이 · 최순철
만든이 · 박선영, 정보배

초판1쇄 인쇄일 · 1996년 6월 5일
초판1쇄 발행일 · 1996년 6월 10일

펴낸곳 · **도서출판 등불**
서울시 마포구 구수동 68-2 대건빌딩 302호
전화 715-8716 팩스 715-8717
출판등록 · 1994년 4월 19일(제10-969호)

값 3,500원
ISBN 89-8028-040-8 03810

어느날 문득
네가 그리워지면
그러면…어쩌지? 1

임우현 시집

풋사과처럼 싱그러운 젊은 날의 사랑이야기 !

무작정 슬퍼지면?
울어버리면 되지 뭐

한없이 기쁜 날에는?
그냥 웃어버리지 뭐

그런데
오늘 또 네가
무작정 그리워지면
그러면 어쩌지?

내가 그 아이를 사랑하고 있다는걸 어떻게 표현할지 모르겠어 이것이 사랑일까?

어느날 문득
네가 그리워지면
그러면…어쩌지? 2

임우현 시집

군생활의 외로움과 그리움이
잔잔한 감동으로 다가온다 !
그리운 연인에게
그리운 친구에게
사랑을 선물하세요 !

나 너를 위해
시를 써
너만을 위한
시를 써

첫만남에서
오늘까지
그리고
아주 아주 먼 미래까지
널 그리며
시를 써

나 너를 위해

나 말없이 눈물 흘릴때

차기환 시집

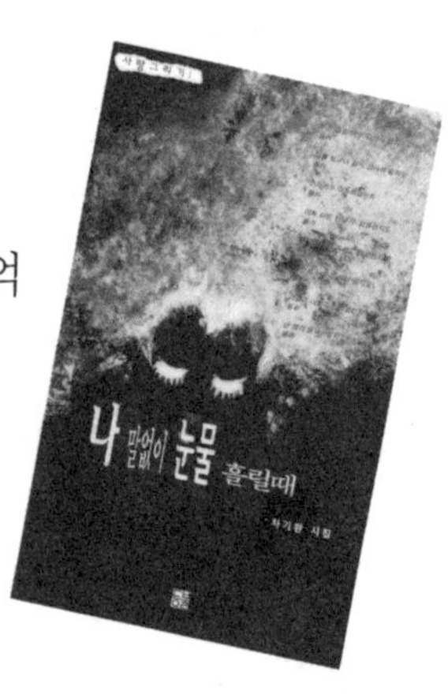

잊혀지지 않는 사랑의 추억
가슴시린 사랑의 아픔

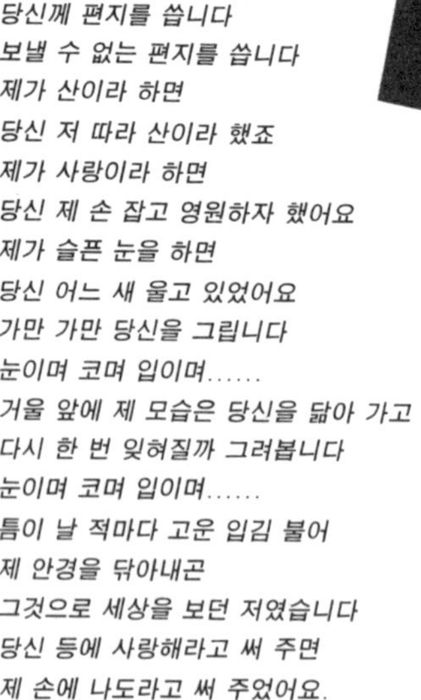

당신께 편지를 씁니다
보낼 수 없는 편지를 씁니다
제가 산이라 하면
당신 저 따라 산이라 했죠
제가 사랑이라 하면
당신 제 손 잡고 영원하자 했어요
제가 슬픈 눈을 하면
당신 어느 새 울고 있었어요
가만 가만 당신을 그립니다
눈이며 코며 입이며……
거울 앞에 제 모습은 당신을 닮아 가고
다시 한 번 잊혀질까 그려봅니다
눈이며 코며 입이며……
틈이 날 적마다 고운 입김 불어
제 안경을 닦아내곤
그것으로 세상을 보던 저였습니다
당신 등에 사랑해라고 써 주면
제 손에 나도라고 써 주었어요.

가슴으로 부르는 이름하나

김경구 시집

지울 수 없는 사랑의 이름 하나
가슴 가득 묻어두고
노래하네
이 밤 하얗게 지새우며 노래하네

당신을 만나기까지
잦은 만남과 이별의 반복으로
그 얼마나 힘겨움의 연속이었던가요
그러나 끝내
당신은 떠나고
나만 홀로 남았습니다
시간이 흐르고 흘러도
당신은 언제나 제 가슴 한켠에 남아 있습니다
당신 떠난 지금껏 생각해 보니
당신만큼 따스한 사람 없더이다
당신만큼 편안한 사람 없더이다
당신만큼
당신만큼 나를 울리는 사람 또한 없더이다

등 불 사 랑 그 리 기

다음 세상에 우리 연어가 되기로 해요

정재희 시집

가슴을 울리는 순결한 사랑의 언어 !

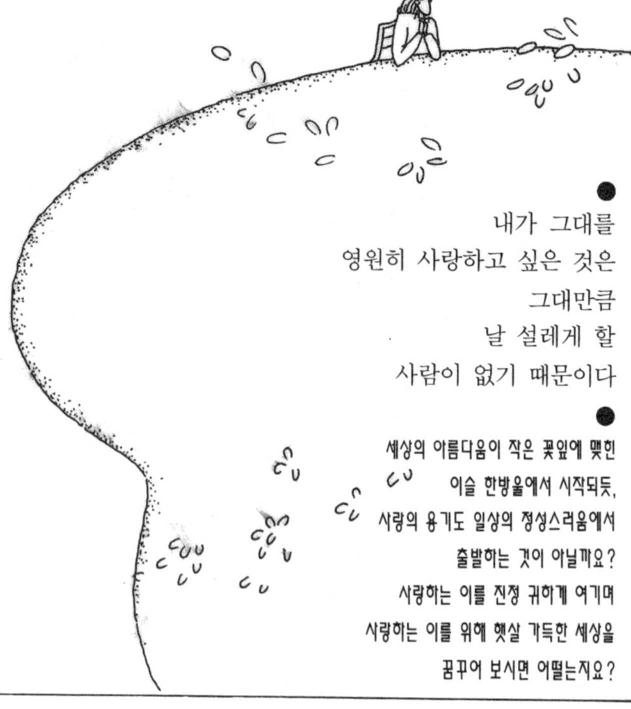

내가 그대를
영원히 사랑하고 싶은 것은
그대만큼
날 설레게 할
사람이 없기 때문이다

세상의 아름다움이 작은 꽃잎에 맺힌
이슬 한방울에서 시작되듯,
사랑의 용기도 일상의 정성스러움에서
출발하는 것이 아닐까요?
사랑하는 이를 진정 귀하게 여기며
사랑하는 이를 위해 햇살 가득한 세상을
꿈꾸어 보시면 어떨는지요?

징검다리

징검다리는 외롭고 소외된 이웃들의 어려움을
돕고자 만들어진 모임입니다.
나날이 각박해져 가는 세상 속에서 의미있고
즐거운 문화를 보급하자는 욕심도 있습니다.
이 땅의 내일을 약속하는 청소년들에게
올바른 정신력과 건전한 삶의 목적을 세우도록
기둥이 되고 싶은 욕심도 있습니다.
아무것도 가진 것 없지만 저희에겐 미래가 있고
꿈을 잃지 않은 젊음이 있고
진실된 예수님의 사랑이 있습니다.
징검다리는 늘 한결같은 모습으로 자신의
자리를 지켜나갑니다.
빛나는 자리가 아니어도 꼭 그 자리를 지키는
징검다리처럼 꿋꿋한 믿음으로 이 세상을 지키는
일꾼이 되겠습니다.

징검다리 간사 인 우 현

징검다리에서는 사랑을 전하는 쪽지를 발간합니다.
징검다리 쪽지를 함께 나누기를 원하시는 분은 연락을 바랍니다.
주소 / 충북 청주시 상당구 우암동 348-9번지 ㉾ 360-200
전화 / (0431) 222-7889

원고를 모집합니다

저희 등불 출판사에서는 귀하의 옥고를 책으로 만들어
드립니다. 가슴에 묻힌 아름다운 추억, 살면서 겪어야
했던 기막힌 사연, 자손에게 물려주고 싶은 인생경험담,
작가의 꿈을 이루기 위해 써두었던 문학작품 등을
출판해 드립니다.

문장에 자신이 없거나 용기가 없어 망설이는 분을 위해
저희 출판사 편집진이 항상 기다리고 있습니다.
언제든 연락바랍니다.

※ 원고는 반환하지 않음을 알려드립니다.

● ●

모집원고 : 시, 소설, 수필, 희곡, 일기, 편지, 자서전,
　　　　　　문집, 회갑기념집, 사진집, 동인지, 기타
　　　　　　직업에 관련된 수필집 등

모집일시 : 수시

보낼곳 : 서울시 마포구 구수동 68-2호 대건빌딩 302호
　　　　　등불 출판사 편집부
　　　　　(우:121-130, TEL:715-8716)

등 불 예 반 시 선 2

<누군가에게 무엇이 되어>의 바로 그 작가
예반의 '94년 최신작

사랑에도
추억이 있다면

예반 지음/이종창 옮김

누군가에게 다가가고자 하는 사람,
누군가를 소유하고 싶어하는 사람,
그리고 특별히
누군가를 기억하고자 하는 사람은
이 책과 만나십시오!
사색하는 즐거움을 느낄 수 있습니다!